KB271283

태양의 파편

태양의 파편

2024년 3월 10일   초판 1쇄 인쇄 발행

지 은 이 ㅣ 김욱동
펴 낸 이 ㅣ 박종래
펴 낸 곳 ㅣ 도서출판 명성서림

등록번호 ㅣ 301-2014-013
주   소 ㅣ 04625 서울시 중구 필동로 6 (2, 3층)
대표전화 ㅣ 02)2277-2800
팩   스 ㅣ 02)2277-8945
이 메 일 ㅣ ms8944@chol.com

값 10,000원
ISBN 979-11-93543-48-1

김욱동 제3시집

태양의 파편

도서출판 명성서림

태양의 파편

빛이 있기 전 허밍이 있었다.

가늠할 수 없는 무한한 시공時空을 어슬렁거리던 이 소리는 이어올 폭발적이고도 장엄莊嚴한 카오스의 서막序幕이었다.

문자가 만들어지기 전 언어의 태초였고, 태동이었다.

온 우주의 연기緣起는 파동波動과 입자粒子 사이를 오가며 미세하게 꿈틀거리다가 때가 이르자 한순간 엄청나고 눈부신 폭발이 일어난 것이다.

결과 오늘이다.

불타오르는 황홀한 빛을 가렸던 어둠과 침묵에서 순식간에 태양이 벗어나며 코로나의 춤사위가 온 은하를 흔들었다.

그때부터 세상에는 태양의 파편破片이 흩어지기 시작했다.

비로소 흑점黑點과 같이 행行과 연緣이 엉기면서 언어言語를 갖게 된 것이다.

선善 이라고 불릴만한 것들은 애초부터 길들임의 수단으로 이용되었고, 수많은 오류와 거짓이 만들어낸 이념과 외침들이 세워지고 허물어짐을 되풀이하는 소용돌이 중에서 가슴에 얹힐만한 소중한 것도 돌연변이처럼 나타나기도 했다.

그 부류 중에서 시詩가 태어나기도 한다. 너무 많은 것을 한꺼번에 터트려 때론 사생아처럼 관념觀念과 서정抒情이 혼재된 시가 유발誘發되기도 했지만, 새로운 지평地平을 여는 시 발점이 된다.

남중南中을 가로지르는 불의 전차 태양의 질주, 코로나 회오리의 장엄하고 거창한 기운이 스러지자 되려 스산한 휘파람 조각으로 남겨진다.

메타인지Metacognition로 재생산再生産 하는 인간들의 무관심과 고독은, 간유리를 통해 만나는 홍염紅焰의 무채색 뒷그림자다.

허虛한 그림자가 남기는 휘파람은 바닷물에 식어가는 태양의 파편들이 날파람 파도에 부대끼며 마멸磨滅 되는 침묵의 감옥이다.

이윽고 휘파람 소리조차 멎고 잠잠해지는 시간

온몸을 쪼개는 빛의 파종播種을 닮은 태양의 파편이 달빛의 교교皎皎한 윤슬로 남는다.

지워지는 것들의 뒷모습을 훔쳐보던 『연리지』, 동틀 무렵 수줍게 만났던 상고대 『서리꽃 새벽』, 허밍도, 불타는 코로나도, 휘파람마저 잦아드는 시간, 윤슬로 흩어지는 『태양의 파편』을 노래한다.

목 차

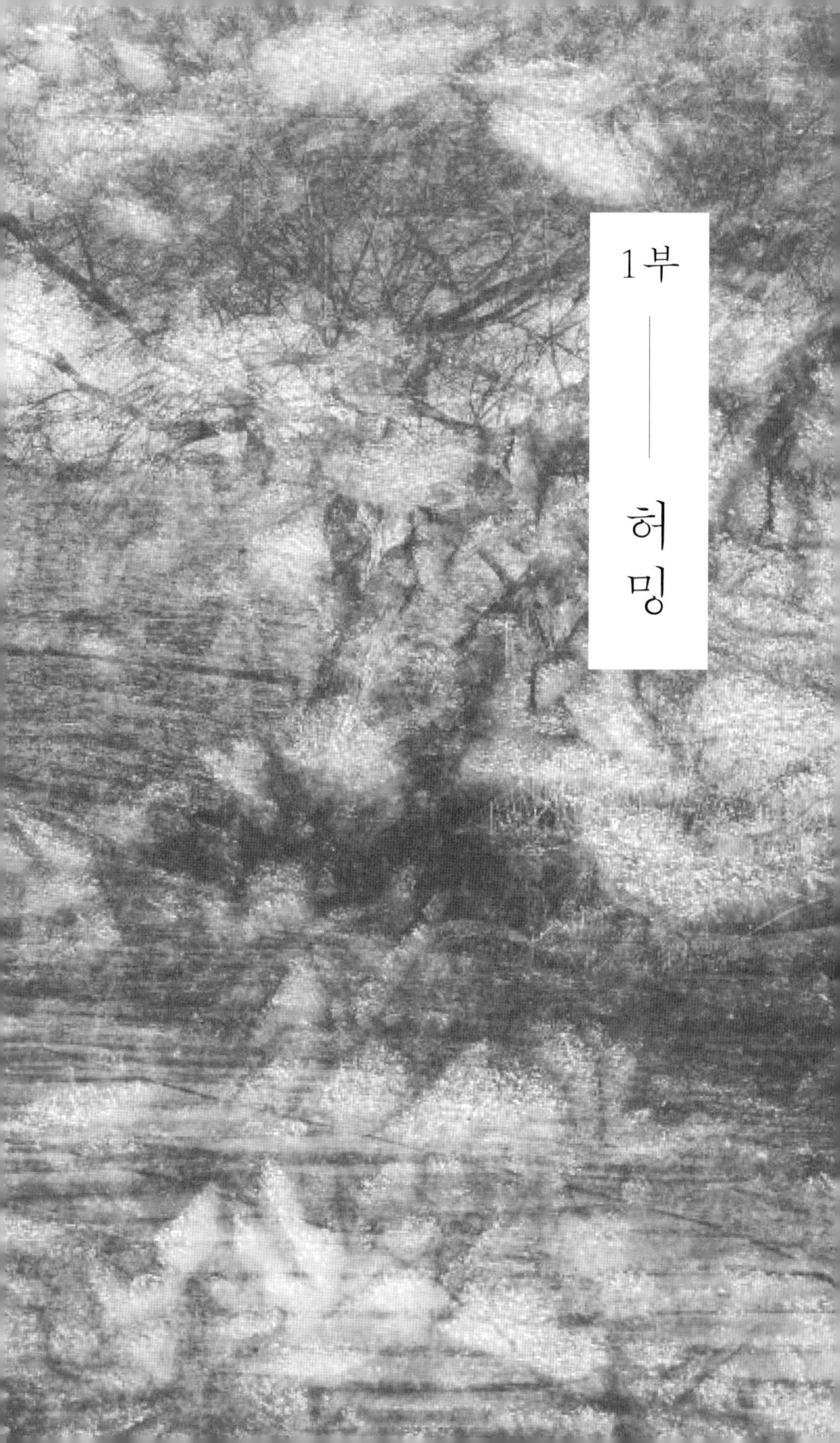
1부

허
밍

고란초

10여 년 전
궁남지 거쳐 낙화암 찾았을 때
백화 분분紛紛하게 떨어진 절벽 아래
검정깨 송편 속 같은, 기와지붕이
고즈넉이 내려다보이던 고란사 법당 뒤꼍
샘 언저리에 고비 잎 닮은 고란초
한 모금 석간수로 못다 씻은 번뇌煩惱
주섬주섬 되 짊어지고 비탈길 오를 때
애잔하게 쳐다보던 누이 같은 풀
속절없이 진눈깨비 부슬거리는 오늘
무너진 기와, 비 가리게 낡은 천막이
안타까운 나그네, 에둘러 맞으며
연緣의 소중함이 내온 밀감과 데운 차
이전에도 분명 피었을 고란초
정갈하게 스미는 지고至高의 향기

고 요

바람이 불끈 일어서는 연밭
순간, 물 아래는 긴장한다
점점 세차게 다름질치는 늪 바람
깊이 뿌리박은 진흙 속에서는
고요를 움켜쥐려는 소란이 인다
이윽고 호수에 너울까지 출렁이면
물속 깊이 부산해지며 깨어난다
생生의 고요를 흔드는 소란
소란으로 더 단단해지려는 고요
흔들리며 여물어가는 연緣의 꽃
파사현정破邪顯正의 미소

구름 라이딩

바람이 내닫자 구름이 흩어졌다
땅 꼭짓점에 드러누운 채
바퀴를 가로막는 제부도 바닷길
은륜銀輪은 펄 앞에서 가쁜 숨을 고른다
자맥질할 수 없는 갈매기들 뒤뚱거릴
물때가 돌아오자 흩어졌던 구름은
겹겹이 쌓였던 바다를 밀어내며
개펄 위로 텀벙텀벙 길을 열었다
구름 따라 몰려오는 해풍에
일렁이던 파도는 꼬리를 사리고
흔적을 감췄던 섬의 길을 드러내자
바람의 순례자들이 그리움을 찾아
짜르르 짜르르 구름을 헤집는다

그 강가에는

누렁이 되새김질보다
게으른 봄 걸음마
느지막이 뒤뚱거리는 강 언덕
움 틔운 뽀송뽀송한 잎사귀보다
저 먼저 하얗게 수줍은 앵두꽃
투명하게 맑고 빨간 열매를 닮은
똘망똘망한 네 눈망울
빤히 바라보던 부끄러운 그 날
상큼하고 달콤한 앵두 알 입술
붉게 타오르던 남녘의 강가

나른한 전투

고지도 참호도 없다
키 낮은 화살나무 청청한 잎사귀들
이슬 세수로 말개진 그늘 사이로
새앙 쥐 한 마리 쪼르르 숨는다
마름모꼴 조리개에 걸려드는 쥐 척후병
노란 줄무늬 고양이의 긴박한 추적이다
키대로 늘인 허리, 곧추선 뒷덜미
기어이 생포되자 납작 조아리는 생쥐
나뒹구는 잿빛 배때기가 나른해지는 한낮
살금살금 다가와 겁 없이 친구 하잔다
적개심 없는 헛발질 잽jab, 잽jab
휘두르는 노란 고양이 스나이퍼sniper
그러나 발톱까지 접어둔 밋밋한 긴박감
각본도 엔딩ending도 모호한 전투
자투리 공원 벤치 메가박스megabox다

눈 내린 날

잿빛 하늘 틈 비집고
화롯가 이야기 폴폴 폴 겨울 나비가
선녀처럼 나르는 하얀 신세계
강아지들 몰려나와 숫눈길 달리며
허멍, 허멍, 허멍, 발 도장 요란하다

청솔가지 두 팔 활짝 벌리는
검댕이 숯 눈썹문신사람 곁에서
꼬맹이들 발그레한 손 호호거리며
성형 장난감 플라스틱 집게로
뚝딱뚝딱 눈 나라 동물원을 연다

쿵더쿵 떡 방아 흥타령 토끼 한 쌍
끈질기게 꼬드기는 별주부 영감
눈 언덕 기어 나온 아프리카악어 떼
생쥐만큼 다이어트 한 꼬맹 코끼리
입장권도 울타리도 없는 순백純白의 자유
외려 겨울이 따뜻한 화롯가 시심詩心

닿을 수 없는 선

까슬하게 메마른 겨울
강을 지척에 둔 그리움에
여위어가는 두물머리 나무들
속살거리던 사랑이 빨갛게 언
전선 없는 공중전화 부스 곁에서
낮 동안은 뻘쭘하게 데면 거리다
강 위 검은 벨벳의 늦은 시간, 나무는
언 땅속뿌리로 지중선地中線을 이어
네 침묵의 의미를 밤새 되새김질한다

마지못한 동틀 녘, 전화기에
뽀얗게 성에 낀 메모를 걸어둔다
그날 새벽 이별의

바다가 쓴 엽서

휘도록 탁 트인 수평선을
베란다 가득 늘어둔 영덕 해변의 펜션
커피 향 은은한 해넘이 시간이면
밀물 같은 파도가 그리움을 씁니다

청마의 빨간 우체통 하나
보이지 않는 호젓한 바닷가
자꾸만 밀려왔다 지워지는 모습
몇 차례나 톡 프로필을 꺼내봅니다

창밖 거친 파도가
잠을 뒤엎는 소란함으로
밤 설친 새벽 모래언덕에는
물새 발자국들이 소인消印처럼 찍혔습니다

베란다 정원

당신이 드립 해 주신
예가체프 약산미弱酸味 향
올망졸망한 꽃무늬 커피잔 속
감미로운 클래식 선율로 담긴다

넘실거리는 '은파' 위
'레지티아' 손짓 너머로
하얗게 발돋움하는 '레디칸스'
부드러운 몸짓에, 뾰로통한 '앵성'
네가 날 몰라? 얼굴 붉히는 '화재'
이름값으로도 넉넉한 안방마님 '부용'

시샘 겨운 겨울 비바람
견뎌내 되려 포근한 베란다 화원

시를 팔아 봄을 사다

두물머리 오일장
'뻥이요!' 요란한 소리조차
한결 부드러워진 봄기운 가득
향긋한 수선화 노란 때깔들
단단하게 벼린 남원 칼 장수의 철물전鐵物廛
한쪽 귀퉁이에 설익은 시詩 몇 편으로
조심스럽게 전廛을 펼친 시인은
오가는 장꾼들에게 곁눈질당한다

강냉이 튀밥 고소한 유혹도
수선화 시샘 겨운 외사랑도
칼 장수의 단호한 자신감에도
주눅 드는 시詩, 봄바람만 훑어보고
가끔 시집에 머무는 장꾼들 눈길조차
쑥스러움에 벌겋게 외면하면서
다음 장날을 꼽아보는 허虛한 기대감
봄볕 한 사발로 거나해지는 귀갓길이다

신 행 新行

새 인연因緣의 첫 명절
동그마한 까치집 흔드는 건들바람
저 혼자 썰렁한 길거리풍경
주섬주섬 배낭에 챙겨 담고
바쁠 것 없이 집을 나서는 아침
등산객 하나 보이지 않는
광교산 까치설빔, 날 동무 삼는다

해넘이 하산길,
허기진 순댓국 멀겋게 저으며
멀뚱멀뚱한 하루를 닫는 늦은 시간
설 준비 분주한 틈틈이도
못내 마음 쓰였을 카톡이 기다린다
'당신 것, 나물과 전을 따로 했어요.'
은밀한 잔盞 가득 채우는 문자 합환주合歡酒
잊고 지나던, 참 풍성하게 차려지는 설날

첫 길

아무도 가지 않은
호젓한 새벽을 함께 엽니다
누구의 눈길조차 닿지 못한
싱그러운 숲길을 손잡고 갑니다
혼자 맞기엔 벅차게 투명한
새파란 코발트 빛 선선한 하늘
깨어나 기지개로 발돋움하는 하루
나무들의 푸름, 숲과 들풀
그 속에 깃든 바람 소리, 새소리
멧비둘기, 까치, 개똥지빠귀
어제와 다름은 언제나 설렘입니다
첫길이 주는 선물
우리 함께 누리는 환희입니다

전골냄비

닮았다
백두대간 능선을 힘차게 휘 달리다
치솟은 지리산, 노고단 삼신할미
보성강 줄기 쌍둥이 산 아래
맨 점 깊숙이 점지한 아가 하나
바위같이 단단한 정기 한 가닥
모진 세파에도 튼실히 견뎌온 씨뿌리
중中 자 돌림 아비 염원의 첫 딸

가슴속까지 차고 쓸쓸한 날
외로움을 감싸 보글보글 데우는
빨간 바탕에 앙증맞은 재주꾼
풀무같이 시리고 매운 시련들
몹쓸 허접함을 담아 속 끓이던 날
두 번씩이나 쏟아내고 또 한 번 비워
맨 처음 아니지만 언제나 첫 마음
살 떨리게 자글자글 맛깔난 레쉬피

참, 닮았다
기적처럼 다가온 그 날의 경이驚異로움
언제나 새것 같은 풋풋한 쓰임새
식탁 위에서, 마음속 깊은 곳에서
보석같이 반짝이는 붉은 하늘

족보

년 부년 소출 풍성한 광과 곳간의 기름짐은
입소문 자자한 뫼 터 덕德이라 여겼다
화강암 문文, 무신武臣들이 우람하게 벌려 선
솥발 산 명당明堂은 모리아 산 '황금 돔' 같다.

큰물이 날 때마다 마음 졸이다
명당 곁 후미진 골에다 몰래 쓴 아비 묘墓
지지리도 궁기 낀 사립문을 박차고 나가
어금니 앙다물고 버티며 맞서던 세상
포기 직전에서야 얻은 '영감님' 호칭呼稱 꿰찬
고등고시 패스 후엔 도둑 못자리도
제법 영험靈驗하게 도드라져 보이더니
면面 셋을 휘둘러 만석꾼의 사위가 되었다

매파가 아무리 예쁘다 해도 알고
그렇지 않다는 시샘들에도 짐작은 한다
처음부터 별 내키지 않은 자리이기도 했지만
열녀문 바라고 목멜 정情 따윈 애당초 없었기에
죽네 사네 하며 매달리는 첫사랑도
새파란 면도 자국 앞에서 영감님, 영감님,
아첨하는 마을 유지有志들의 굽신거림이
씨 간장 묵힌 맛보다 진하고 맛깔나
침 먹은 지네처럼 바꿔 신은 옥색 고무신

혀 꼬부라지게 취한 신행新行길 둘째 오라비
내뱉은 사람조차 당황하며 주워 담는, 신랑 족보
못자리 도적질한 가난뱅이 집안의 자식
시댁의 케케묵은 장리長利쌀 대신 갚으면서
부와 균형을 맞춘 권력, 무지렁이 출신의 수재秀才,
3대를 소급하는 '용비어천가龍飛御天歌'가 가열차다

「단디 봐라」! 두 눈 똑바로 뜨고!
기고만장氣高萬丈한 자들의 날조된 용비어천가를

종鐘의 침묵

실낙원失樂園의 아픔을 삼키는 통곡
이마 깊숙이 흉한 표가 새겨지고
광야로 내몰려 유리걸식遊離乞食하던 종
리사이클 더미에 녹슨 고철로 던져져
마디마디가 해체되는 삭신의 통증이다
태초에,
교리敎理 따위에서 자유스럽던 종소리는
시나이반도에서 붉은 바다를 건넜다.
반질거리는 수달 가죽으로 만든 장막에서
제사장의 모습으로 녹 쓸기 시작한 언약言約
'그래도 지구는 돈다'라는 반증反證따라
동쪽으로, 동쪽으로, 이 고을까지 흘러와
'에밀레, 에밀레' 젖무덤 쥐어뜯는 종탑들
불명佛鳴의 종으로, 꽉꽉 막혀버린
부재不在의 소리가 된다

* 불명佛鳴-울지 않는

* AD 325년 기독교를 공인한 로마 콘스탄티누스 황제가 개최한 비티니아 주(현
터키) 니케아에서 이단으로 파문당한 후 유형을 떠난 「아리우스 교부」파의 일
부가 중국 시안(장안)을 거쳐 신라의 수도 서라벌까지 왔다는 설說 (십자가 형
상의 유물발견)

처음 만난 극락

겨울비, 그 황량함의 끝자락
중미산 창밖에 서성이는 운무雲霧
베란다에서 맞는 고혹蠱惑적인 실루엣이
뜨겁게 타올랐다 사그라진 열기는
물안개로 되살아 산허리에 휘감기고
비에 젖은 연한 새순의 감촉
뽀얗게 속살 드러내는 은밀한 계곡
간헐적인 신음의 막바지 흔적이
스스로 무너지며 몸을 비트는 기둥
버티며 속삭이는 먼 기억 속 경험치
박차고, 되풀이 상승上昇하는 끝 모를 환희

커피 까라

하얀 목련이 흐드러진 교회 마당
자판기 앞에 마주한 그가
알고, 느끼고, 사용하던 언어 중
절대적으로 고급 사양에 속하는 '까라'
적당히 비밀스러운 '고급짐'과
조금은 까칠한 사내다움, 그리고
대부분 비어 허기진 주머니 사정까지
세 박자를 겸비한 말, 내뱉을 때마다
쾌감까지 일으키던 한마디 '커피 까라!'

주일만 번창하는 장마당 같은 자판기 앞
달콤한 설탕과 프림, 커피가 믹서 된 종이컵에
다른 이들의 악의 없는 농담까지 고루 섞인다
"부남 씨 너도 한번 까라" 말하면서도
모두 선선히 꺼내주는 백 원짜리 동전 두 개
"안 해~이 씨" 빙긋 웃음으로 까 받은 커피
손에 들고 감사 기도를 잊지 않던 최 집사님

교회 뜰 가득하게 보랏빛 라일락 향기
분분芬芬히 흩어지며 설레던 어느 봄날
까라는 말도 없었는데 스스로 깐
자판기 커피를 불쑥 내밀던 선한 미소
하늘나라 황금길 눈부신 금화 동전으로
마구마구 깐 커피, 우리를 기다리려고
'최부남' 집사님 먼저 가신 어제입니다

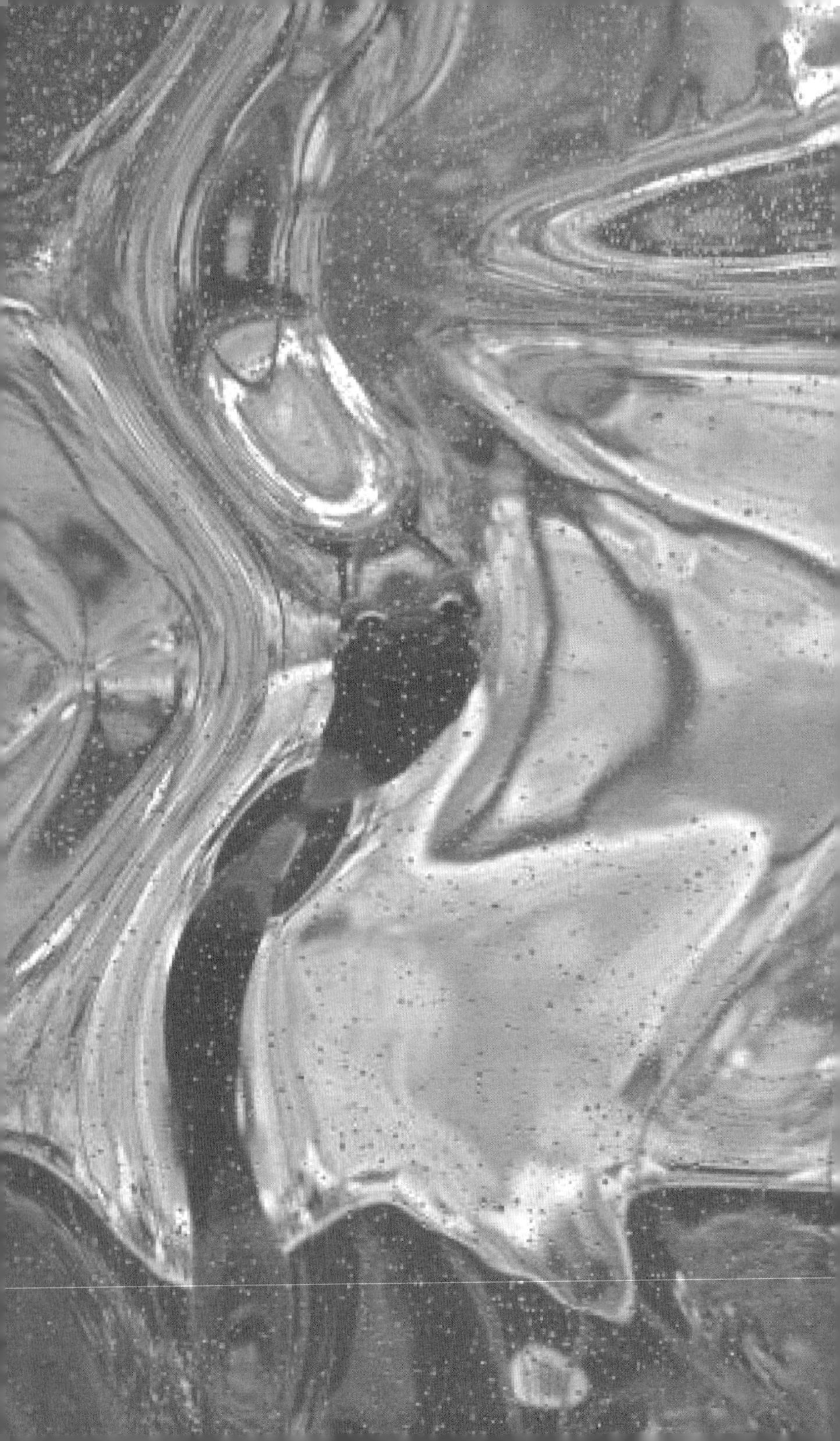

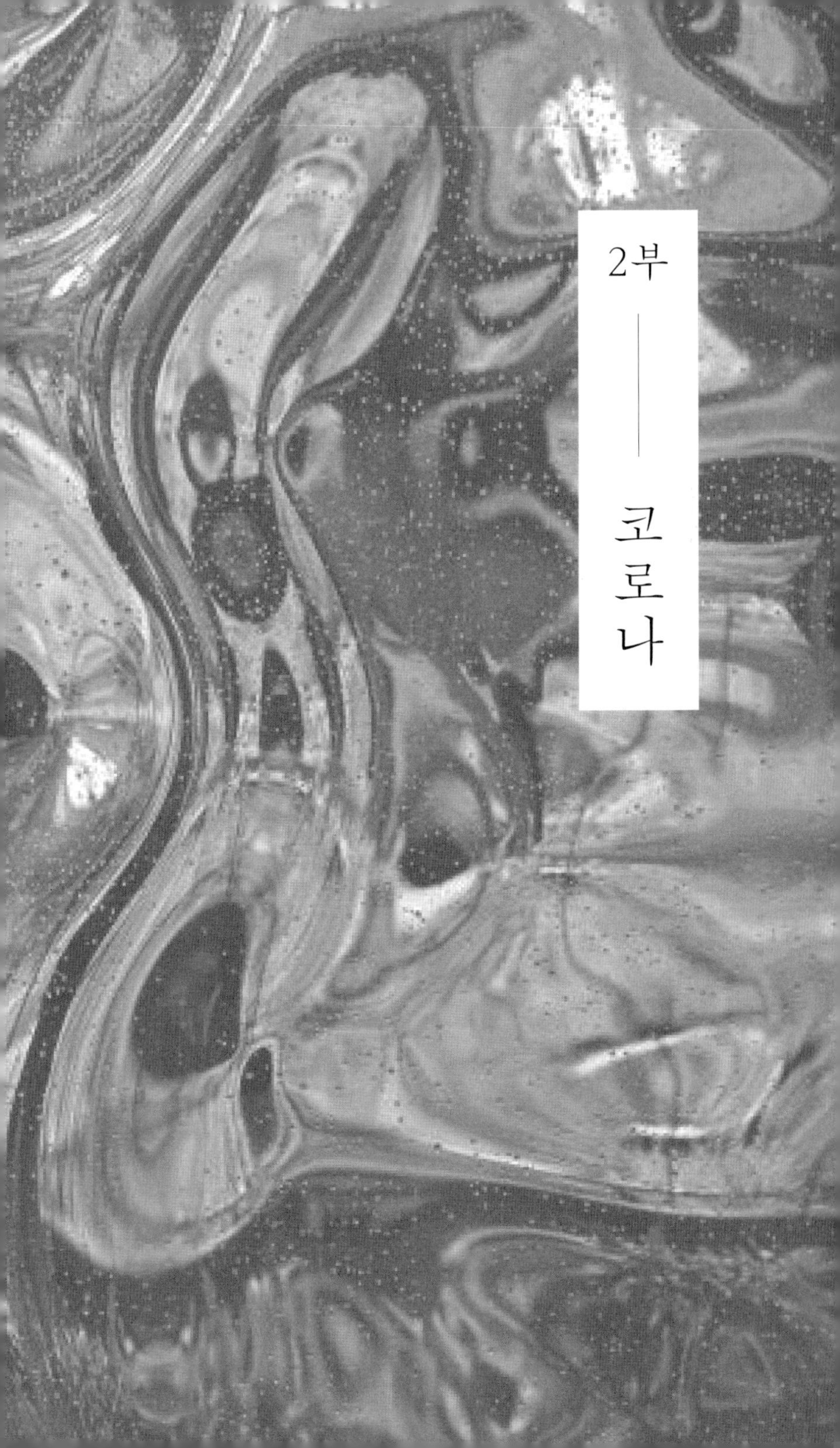

2부
코로나

갈치조림

넌 종족이 남다르다
허기 참으며 먹이를 뒤쫓을 때도
몸을 꼿꼿이 세우는 생선
순식간에 몸뚱어리 찢어발기는
두려운 백상아리 앞에서도, 차마
허리를 굽히는 건 부끄러운 삶이다
그믐밤을 간신히 가늠하는 바닷속
촘촘한 쌍끌이 거물 앞에서도
거칠 것 없이 당당하게 치켜드는 족속

어촌계 물양장 바닥에
얼룩덜룩 비늘이 벗긴 채 부려져
궤짝에 입관入棺될 때는 '신위神位 먹갈치'
중매인들 현란한 수지手指 경매를 거쳐
스티로폼 택배로 운구運柩된 저녁
보글보글 맛깔스러운 냄비 속 다비식
문상객 옹기종기 찾아오는 단톡방
고고한 종족을 사진으로만 발골發骨하는
눈요기 맛집, 풍성해지는 카톡 만찬

곳

노란 옥수수 팝콘 터지듯
막바지 여름밤 불꽃놀이가
펑펑 쏟아지는 낙산 바닷가

하얀 물거품 너머 멀찍이 물러선
간이 테이블과 접이식 의자 들
큰비 소식에 인적 뜸해진
해변조차, 위안이 되는 사람들을
불 밝혀두고서 어둠 속으로 끌어내는
24시 편의점 곁 '라멜블루' 카페

모과 빛 은은한 벽걸이 등보다 포근한
남국의 향기 진득한 커피
흑갈색 '라테아트' 한 잔
파도와 모래와 지난날 쓸쓸함까지
모두 담아 되살려내는 추억들
내밀한 밤의 커튼으로 피어오른다

눈물 시성식示性式

대부분은 슬픔이었지

연민에 잠긴 웅얼거림 속에서
가끔 진실도 있었을 거야
까만 밤을 갈빗살 뒤집듯 구우며
훈연熏煙 되는 분위기에 가려진 이별

이윽고, 낙차落差 굵은 눈물로
떠나는 네 모습을 눈으로만 쫓다
돌이킬 수 없는 이유가 빈자리
허기진 잔에 가득 채우는 C2H5OH

벌겋게 단 숯덩이 둘과
깍지낀 산소 하나에 여섯 개의 수소
'아레이오스 파고스' 언덕에는
'바쿠스'의 포도가 눈물처럼 영글었다

* C2H5OH : 술의 구성 원자를 물질의 작용기로 나타내는 시성식示性式

* 아레이오스 파고스 : 파르테논 인근의 구릉, 그리스 신화의 신들이 모여 회의를
   하던 곳이며 주변에 포도농원이 산재해 있었다

* 바쿠스 : 그리스 신화 속 술의 신 또는 환락의 신으로 표현된 디오니소스를 말함

대 어 大魚

뻐근하게 묵직하다
파도를 저며내는 날카로운 투명 합사合絲
전해오는 생명체가 절망을 퍼덕인다
전유동 조개 봉돌을 너울인 양 깔짝거리는 노회老獪함
2호 목줄의 염려는 챔질한 낚싯줄이
피아노 건반 난타로 고비를 넘길 무렵이었다

하지만,
굵고 투박한 구애求愛로는 너를 기대할 수조차 없다
부러질 갈대처럼 버둥거리며 양껏 휜 낚싯대
지칠 줄 모르게 드릴을 박차나가는 비명
네 모든 근육을 샅샅이 쥐어짜는 통증이다
혈맥 속 아드레날린이 분수처럼 솟구친다
초릿대 끝에서부터 전해오는 심장의 펌프질
이윽고 탈진해 뿌연 곤이鯤鮞를 쏟으며 잦아든다

켜켜이 묵힌 따개비 같은 홍보석 비늘
너울에 맡긴 채 끌려오는 거대한 몸뚱어리
수면 위 윤슬을 헤치며 이지러진 달을 본다

동묘시장

그로데스크한 마유주馬乳酒
그에게서 점령군의 냄새가 난다
유라시아를 호령하던 칸의 대지
사마르칸트 사막을 질주하는 몽골 기병대
장엄한 알타이 연봉連峯을 휘 달릴 때
오금 저리는 말 안장에 매달린 채
짧은 해와 차가운 밤이 뒤엉기는 초원
말고기 육포肉脯 조각을 질겅거리며
칼날을 휘젓고 파고드는 살촉을 피한 곳곳에
까맣게 탄 염소똥 흔적을 흩뿌렸다

동묘시장,
산더미로 쌓인 해묵은 전리품들
기마병 등허리에 꽂혔던 형형색색의 깃발
탈취한 헝가리 귀족 향수 냄새 연미복에서
패잔병 발에서 벗긴 군화 더미에
부르봉 왕조를 거쳐온 중세 미인도까지
기웃거리던 장마당 사바나 병사
노릿한 체취, 점령군 냄새가 짙다

발기勃起되는 시

새벽 실루엣이 벗겨지는
씨스루 얇은 커튼 속
발가벗은 알몸이 치솟는다

고환 가득 응어리진 채 웅크린 정액들
사출할 음모陰謀로 분주해진 모니터에는
외계로부터 수신 됨직한 암호들이
오로라 섬광閃光처럼 눈부신 파노라마의
절정으로 치닫는 오르가슴의 순간
무성생식無性生殖이 쓰는 시詩가 된다

감미로운 음악과 한 잔의 블랙커피
밤새워 뇌리를 헤집으며
미세하게 꼼지락거리던 언어들이
포란抱卵의 고통으로 꿈틀대는 푸른 정맥
이윽고 비릿한 통증이 멈추자
우뭇가사리처럼 엉기는 행行과 연聯
시詩는 서정이 자리매김하는 섹스다

뚜벅이 여행

말이 잘 통하지 않아
'팅 부동'(알아듣지 못해요)을 남발하며 걷는다
'웨이상 찌엔 짜이란?'(화장실 어디 유?)
무시된 4성四聲을 들이대자 당황하는 중국 땅
혼자라서 길 재촉도 넉넉하고 한가롭다

'펄벅의 대지' 광활한 중원에서도
변함없이 든든하게 잘 견뎌준 두 다리
천상에는 천국, 지상에서는 항주, 소주라는
절강성浙江省 넘어서 내륙 깊숙이
6000년, 7왕조의 고도古都 난징까지 고속철로 간다

무고한 양민들의 시신屍身과 피로 골짜기를,
강을, 메웠던 '난징학살' 왜국倭國의 광기狂氣
'한 퀘런 중 퀘런 이 이양'(한국과 중국의 아픔이 닮았다)
그러나 아Q의 호들갑 떨지 않는
중화中華의 자존감이 시종始終 침묵하는 땅

유적지 한 곳 넓이로, 면 단위가 즐비한
웅장한 눈 호사好事에 더더욱 요긴한 발
거의 3만 보 수준의 행군이다
'두어 사오 치엔 이 얼?'(하나에 얼마요?)
허기를 메워야 지치지 않게 뚜벅거리지!
값싸고 푸짐한 길거리 음식을 양손에 들고서
현지인처럼 거리낌 없이 길가에 퍼질러 앉는다

대륙의 석양이 붉고 고운 뚜벅이 첫날이다

불시착

당신은 누구신가요
여명이 스러지는 새벽
일상을 거부하는 손짓에
그리움이라 여겨질 언어가
경이롭게 열리는 소행성小行星

소리가 사라진 곳
몸짓으로만 남겨지는 환희의 빛이
은밀하게 아우러져 있는
그래서 아직 누구도 가보지 않은,
지금껏 한 번도 만나지 못한
한꺼번에 몰려오는 눈부신 황홀경
여기가 어디인가요?

'너라도 좋으면 되었지!'
'너여서 다행이구나' 하던 카오스

섭

고슬고슬한 노란 털 뿌리
바위 밑동에 억척스럽게 매달려
숨구멍 사이 무시로 드나드는 짠 밀물과
시린 썰물에 시달리다 부끄럽게 열린
동굴 속 말갛고 붉은 속살에
따라붙는 꼬리표 홍합, 합자, 담치

켜켜이 떡시루 된 세파의 흔적들
거웃이 꺼멓게 뻣뻣해지고
불편해진 이물질을 온통 뱉어낼라치면
수줍게 벌어지는 숲 사이에 드러난
반질거리는 석순石筍 닮은 희멀건 닭 볏 혀
불쑥 꼬챙이라도 들이밀라치면
꽉 다문 가랑이를 부들거리면서도
마지막 한 방울 멀국까지 삼키고는
울컥대다 포만감에 아슴아슴해지면서
숨 가쁘게 잇대어가는 종種의 포란抱卵

알卵에서 비롯되는 개벽開闢의 신화神話들이
연어처럼 되돌아오는 회귀 모천母泉 섭

소 설

글쟁이들은 속이 비도록 게워낸다
속이 비고, 빵에 허기지면 계속 쓴다
대부분은 몇 권 팔리지도 않는 책
알음알음 나누어주다 거의 곰삭고 폐기된다
땀 흘려 꾸미거나 감쪽같이 흉내 낸 책
재활용 폐지로 내 버려진다 해도
국립도서관 도서목록 하나는 남긴다

운 좋은 글은 빵이 되기도 한다
간혹, 아주 드물게,
기적처럼 밥그릇에 가득해지는 빵
쿠쿠에도, 거미줄 걷어낸 뒤주까지
심지어 통장에도 차곡차곡 쌓이는 빵
그때부터 펜pen은 무뎌지기 시작한다
T.V 화면 몇 곳에 얼굴 내밀면서부터
글쟁이의 혼魂은 꼭두각시로 탈바꿈하고
보이지도, 들리지도, 체감되지도 않은
허상의 스크린 속에서 흐느적거리고
스타 탄생은 진기명기의 단골 가품假品이 된다

그래도 속는 부류들은 끝없이 복제되고
컨베이어에서 생령生靈의 바코드를 얻는다
여기도 저곳에서도 밀려난 자들은
또다시 어제처럼 가난한 하루를 마감하지만
폭우 속 맑음으로 해석되는 아이러니다

시의 파종播種

시詩의 농삿법은 유별나다
봄이면 봄,
가을이면 의례 김장용, 따위의 구별이 없다
그저 비만 내리면 자판기처럼 긴장한다
네모나고, 둥근, 세모지며 길쭉하기도 한
빗방울을 헤아려 블랙커피 같은 시를 토한다
동전 하나라도 놓칠까 봐 안달이다
빗 걸음 토닥거리며 창밖에 서성이는
온 밤을 멍에 얹어 일구는 시詩 밭
여기는 젊은 날 설레던 하트 몇 개
저기쯤에는 지워진 인연의 애틋한 물망초
씨앗 봉투 누렇도록 해묵은 되새김질
요기만큼은 보랏빛 기대 머금은 '블루벨'
둔덕마다 정성스러운 꽃말 명패, 고스란히
어둠을 사위는 까만 비에 흠씬 젖고
초저녁부터 아예 이불장에 개켜 넣은 잠
밤 동안 몰래 움트는 시詩 탓인가보다

아스팔트의 뭉크

'네 절규와 뭐가 다르니?'
삶과 죽음이 뒤섞이는 공포는
물소리길 밤마실 나온 고양이와
2차선 도로에서 진땀 움켜쥔 장롱면허
두 쌍의 탐조등이 맞부딪칠 때부터다

희미하게 지워진 중앙선 앞 정적
멈칫, 멈칫거리는 서툰 자동차 바퀴
치켜뜬 눈빛이 한동안 경계하다
별안간 쌍심지 켜며 내닫는 순간
생 베 찢어발기는 절규가 흩어지고
다리목이 하얀 검은 고양이 네 발이
밤의 장막을 부르르 부르르 긁어내린다

갸릉갸릉 거친 숨소리의 뭉크
아스팔트에 엉기는 검붉은 피로 유언한다
'너희 인간들 절규와 뭐가 다르냐고?'

아이의 「곳」

읽기와 쓰기를 좋아하는 아이였다
반듯하게 줄지은 책꽂이에서
손 가는 대로 무겁고 가벼운 책들을 읽었다
낯선 경험들이 기시감旣視感으로 익숙 하자
그때부터는 사람들을 읽기 시작했다
익숙하고 가까운 관계에서부터 시작하여
스쳐 지나갈 바람 같은 인연도 훑었고
그들 속마음의 미세한 떨림까지도 새겼다
허접스럽게 평가되고 버려지는
일그러진 마음들은 데이터베이스화했다
결코, 다시 읽히지 않을 것 같았지만

포만감에 아이는 미친 듯이 쓰기 시작했다
'오셀로'의 비극이 되기도 했으며
아득한 나라 바닷가 '기탄잘리'를 노래하던
잔잔한 파도 속살거리는 해변의 「곳」
그곳에서는 혼잣말 같은 글이 태어났다
괭이갈매기들 끼룩거림 한 소절,
하얀 물거품 몰려오는 수평선 한 음절,
조약돌 두드리는 캐스터네츠 파도 한 옥타브,
처음엔 그딴 것들로 「곳」을 메우다가
훔쳐둔 데이터에서 은밀히 영혼들이 복제되자
도둑같이 스미고 잉태되어 시詩가 되었다
「곳」의 아이는 이윽고 아이가 아니었다

앨리스의 거울 무도회

앨리스가 사라진 숲속에서
카드 병정들이 무리 지어 나타났다
무너지게 낡은 3층 건물, 카드 하나가
목제 난간 사이로 추락한다
다른 병정들 무덤덤하게 행진하다
두 갈래로 나뉜 길에서 난감하게 멈추자
어둠 속에 도사리던 시계 부엉이 손끝이
앨리스가 사라진 방향 쪽을 가리키자
병정들 줄을 정돈하며 급하게 달려간다
순간, 돌돌 말려 올라가는 사이렌의 비명이다
사이사이 간헐적으로 들리는 아기의 울음
대명동 옛 화장터 무연고無緣故 무덤 사이
카인의 표시가 등허리에 흉하게 찍힌
병사가 절뚝거리며 실낙원失樂園에 도착했다

무저갱의 깊은 비명이 열쇠처럼 신음하자
삐걱거리면서 낡고 은밀한 문을 열었다
미혹의 하얀 드레스를 길게 늘인
앨리스가 고혹적蠱惑的으로 춤추며 나타난다
흉한 상처의 병사는 바들바들 떨며
그나마 들고 왔던 창마저 잃어버렸다.
'네가 아는 백설 공주 이야기는 꾸며 낸 거야'
'숲속 일곱 난쟁이는 공주의 애인이었어'
'사람들처럼 넌 지금껏 속고 있었던 거지'
'이제부터는 내가 이끄는 대로 서로를 알아야 해'
'두려워서 서둘지 말고 천천히, 더 천천히'
'그래그래 넌 잘하고 있어'
'내일은 오지 않아, 어쩌면 길을 잃을지도'
'상선약수上善若水, 상선약수上善若水'

저녁이 되고 아침이 되자
카드 병사들
앨리스의 거울 속에 가지런히 몸을 누인다

잃어버린 바다

바다를 그리워한 소년이 있었다
이야기 속 바다를 사랑한 아이였다
만난 사람마다 바다가 있는 곳을 물었다
그러나 누구도 알지 못한다고 했다
우연히 바다를 보았다는 이를 만났다
그 노인은, 바다는 찾는다고 만날 수 없고
사랑한다고 영원히 곁에 둘 수도 없어
이젠 잊었노라 힘없이 손사래 쳤다

산 아래 땅을 일군 소년은
허리를 펼 때마다 바다를 향했다
산골 마을, 반딧불처럼 밤이 깜박거리면
골바람 두드리는 지게문을 활짝 열어젖히고
바다가 있다는 하늘 쪽, 별을 헤아렸다
서둘러 가을걷이를 닫은 어느 해, 소년은
봄이 오기 전 바다를 데려오마고
억새가 오슬거리는 간이역으로 갔다

함박눈이 목화솜처럼 쏟아지던 날
물 한 방울 남지 않은 가없는 웅덩이
바다가 있었다던 전설 같은 언덕에는
소년을 찾아 떠났다는 바다를 통곡하며
두고 온 산마을로 돌이키는 노인이 있었다

에고, 혹은 에고ego

하늘 천天
몇 차례 따라 읽은 게 전부인데
창창한 창공의 높이를
얼렛줄 하나 길이로 어림하며
연 꼬리만 쫓는 헤아림을 어쩌누?
에고,

따지地
히말라야를 담아도 흔적조차 없는
끝 모를 시詩의 깊이를
움켜쥔 다림 줄 만큼으로
짐작을 놓아버리는 가벼움을 어쩌누?
에고,

줄줄이 기다리는
동몽선습童蒙先習,
시경詩經은 어찌하려고?
도대체 놓을 줄 모르는 저 에고ego는?
에고,

저잣거리

정오 무렵 배 떠난 선착장
멸치 후릿 소리보다 와글와글한
여객선 뒤 파도가 뒤집히며 흩어진다
사람의 흔적 말끔해지는 게으른 섬의 오후
섬 가운데 섬으로 모여 앉아
꾸벅꾸벅 조는 갈매기 다섯 마리
배를 쫓으며 줍는 손쉬운 먹이에
날것을 뒤쫓던 깊숙한 자맥질의 용맹勇猛함도
강한 혈맥을 일깨우며 치솟는 비상飛上도
던져주는 먹이에 길든 채 잃어버리고
잔망孱妄스런 파도조차도 머뭇거리는 비루함
새우깡 조각을 구걸할 뱃고동 소리에
어기적거리며 길손 맞는 갈매기 주막酒幕거리

태양의 식탁

올림포스 신전의 마지막 만찬
끌려온 포세이돈의 사랑, 분홍색 돌고래가
새끼마저 붉은지 따위의 내기에
무료해진 신神들은 지상의 일에는
도무지 아랑곳하지 않았다
해결한 능력도, 개입할 의지도 이미 상실한
신들의 게임, 힘의 표징인 삼지창 끝에서
하나씩 끄집어내는 발그레한 생명체
양수羊水 속 지느러미만 신의 혈통일 뿐
하늘과 바다가 윗물과 아랫물로 나뉘기 전
카오스의 핏자국 씻을 물조차 허락되지 않았다
영험함이 바닥난 무녀巫女의 푸닥거리는
채 삭지 못한 주문呪文처럼 메아리가 된다
진초록 에이프런을 접은 마른 호수에는
누렇게 마멸磨滅되는 연잎의 정오正午를 밟으며
바쁠 것 없는 신들이 흐느적거리며 사라진다

신들이 실종된 식탁食卓,
다음 만찬은 정말 인간의 몫인가?
태양의 식탁을 우리는 이어갈 수 있는가?

폐 목어木魚

바닷속을 그믐처럼 스미며
너울거리는 해초의 춤사위에
영원히 감을 수 없는 눈
종루鍾樓 한 귀퉁이, 비루한 몸을
어렵사리 단청으로 가리던 물고기 한 마리
물치항 헤밍웨이 길바닥까지 밀려와
가물거리는 화톳불 빛에 잠들지 못하던
옹이눈만 퀭한 빛바랜 폐廢 목어
파도에 떠밀려 온 정남 해변 몽돌 언덕

시든 꽃 한 송이,
조문객 하나 없는 수마석水磨石 화장터
늦여름 이글거리며 타는 노을 다비식
단청 칠 오그라질 때마다 승화昇華되는 업業
해탈 못 한 푸른 날들은 점점 꽃불이 되어
악착스럽게 머리 쪽으로 치닫다
부릅뜬 눈알까지 후비는 진득한 불길
덩달아 와글거리던 몽돌들의 아우성이 멎고
넋 놓고 스러지는 서쪽 붉은 노을과
한 움큼 재마저 바닷바람이 흩어놓자
그믐밤 달래느라 저 먼저 우는 범어梵魚

"

포레스트 검프

바보가 살았습니다
바보라 불리던 사람입니다
모자람이 정직과 성실을 만나자
안타깝고 슬프기까지 했습니다
'제니'란 여인을 사랑했습니다
애틋한 사랑을 고백할 수도 없었지만
통통 튀는 '제니'의 마음은 멀었습니다
'제니'가 곁을 떠날 때 'goodbye' 한 마디였고
만신창이로 찾아온 하룻밤의 인사마저도
'hi' 였을 뿐 형용사나 수식어는 없었습니다

'제니'가 다시 떠나자
그는 미친 듯이 달리기 시작했습니다
아픔을 이기려고 극한極限 고통의 경계점까지
뜀박질에 자신의 고독을 밀어 넣었습니다
영혼과 육신이 허물어질 그제야 멈췄습니다
한 장의 편지가 깃털처럼 날아옵니다
불치병에 걸린 집시 '제니'와, 하룻밤의 기적
'포레스트' 2세가 환희와 슬픔에 뒤섞여오자
결코, 아무럴 수 없는 사랑으로 다시 보듬습니다

생애 가장 아름답고 행복했던 날들이 지고
'제니'는 두 사람의 사랑이 비롯된 나무 곁에
또 한곳 포레스트 가슴 깊이 묻힙니다
'포레스트와 제니'의 아들이 통학버스를 타는
마지막 장면, 다 보고, 듣고 있다는 듯
'제니'의 홀가분한 혼魂처럼 하얀 깃털이
남자 주인공의 주위를 오랫동안 맴돌다가
천천히, 아주 느리게 하늘을 날아오릅니다
같은 빠르기의 감동이 스멀스멀 내려옵니다

《시네마 파라다이스》

3부

———

휘
파
람

가지

가지 하나를 썰어둔다
무슨 요리를 할까?
가지를 또 하나 썰어보았다
가지가지 요리를 할 수 있겠다
가지찜, 가지무침, 가지 튀김
가지 하나로도 맛깔난 음식
또 다른 가지와 함께 만나자
훨씬 넓어진 가지가지 길
둘이면 은밀히 열리는 요지경瑤池鏡
조리법 따라 변신하는 가지
가지가지 입맛을 찾는다

노란 우체국

달빛 총총한 밤에는
A4지 촘촘히 편지를 쓴다
차마 꺼내지 못하는
가을 같은 얘기는 어쩔 수 없다
노란 등잔불, 가을 밝히는 심지가
푸석거리다 서산에 기울어질 때면
서둘러 네 모습에 잇대어 쓴다
고독한 사람들이 몰래 찾아와
밤새 불이 꺼질 줄 모르는, 세상
맨 처음 만들어진 우체국, 달
슬그머니 셔터 내리는 새벽이면
수취인 없는 사연들이 소복해진다

동안 童顔

어버이날 배달온 카네이션
한쪽 곁에 가부좌 튼 건강식품 쇼핑백
'엄마 건강하게 오래오래 사세요'

잠시 뜨악한 숨 고르기 화면

'그건 따님 생각이시고요
난 예뻐지고 싶걸랑요?'

앙증맞은 발상
영국 황실 순수 미백 비타민C
달팽이 크림으로 매끄럽게
다림질하듯 피부가 탱탱한 동안童顔
10년? 5년? 아니 3년 정도쯤은....
부푸는 오월의 기대치

그나저나
텅 비고 허전한 속 노화老化는 어쩌고

막걸리

막걸리는 길이다
마음 닿는 곳이면 어디든
언제든지 갈 수 있는 노잣돈이다
도무지 열리지 않을 것 같은
네 마음 문에도 날개를 달고
거침없이 훨훨 날아가는 길이다

막걸리는 알라딘의 램프다
대수롭지 않게 뱉은 한마디가
불편한 관계로 쌓은 철옹성처럼
오해와 다툼이 빚는 에고의 감옥도
일순간 허허롭게 허물어버리는
램프 지니의 막걸리 요술이다

막걸리는 천하天下다
돗자리 짜며 차茶 구하던 유비
복사꽃 의기투합意氣投合하여 분분芬芬한 날
천하삼분지계天下三分之計 칼날 벼르며
누상 촌 노모老母가 걸러 온 막걸리는
삼국을 도모圖謀하는 피의 전제奠祭다

밤비

밤이 떠나며 비를 남겼다
바삐 가노라 사생아로 버려졌다
긴꼬리 도마뱀 이별 혜성처럼
잿빛 어둠이 함께 간 동녘으로
아침이 와도 눅눅한 지난날
안개비로 되살아나 미진하게 남은
내 미련인지 그 사람 미련인지
누구도 눈치 못 채게
밤처럼 몰래 남기고 떠날 비

백 신

코로나로 달궈지는 땅덩어리
몇 년째 불난 화덕 호떡집이다
1차, 2차, 3차, 4차, 5차까지
회유와 협박성 문구가 덕지덕지 도배된다
부작용을 숨긴 효능의 강렬한 유혹
집단 감염, 슈퍼 감염자
불신의 언어가 바이러스보다 빨리 퍼진다
'백신은 면역 항체를 형성해 재발을 막는다.'
사전적 정의는 의구심의 눈가리개다
어쩌나, 백신을 다섯 차례 접종하고도
코로나 19 뜨거운 홍염에 폐가 망가진 주검 앞
딱한 변명과 두루뭉술하게 달아나는 기자회견
다툼이 없는 사회적 관계성을 고려한다면
그래도 맞아야겠지?
순간 따끔거리는 금속 바늘의 불신은
7일간 격리될 마음과 육신의 통증으로 남는다

보적사

외로우니 등을 단다

사바娑婆가 잠든 밤
비우고 지워야 할 업보
사위어 불을 켠다

짓누르는 삶의 무게
돌탑 밑 고적孤寂한 흔적
자박자박 흰 고무신
밤 맞도록 새긴 자국
차가운 새벽이슬 젖는다

깜깜한 밤이면
하늘도 별을 단다

불 면

무심코 지날 밤이면
사랑이 아니지요

사랑 없었다면
불면의 밤은 오지 않지요

사랑으로 잃어버린 밤
밤마다 잠 못 드는 사랑

비 오는 날의 숲

호젓이 찾은 숲길에서
낯설게 술렁이는 소란을 만난다

눈인사 나누던 이웃들
흥얼거리던 MP3 자투리 음악과
유튜버 좌左와 우右의 막말 포화砲火 정치쇼
풋풋한 풀 향기처럼 싱그럽던
젊은 연인들의 달달한 커피 향 밀어
주위를 두리번거리는 불편한 인연들의
목마른 다급함까지 폴짝폴짝 되살아난다

우산 위에서 미끄럼타는 소란한 고요
비눗방울 요술처럼 동동 떠다니는
비 오는 날의 숲길

빙 폭 氷瀑

몇 날 없이 울다 지쳐
뻣뻣해진 바위 무릎 사이로
구르다 하얗게 굳어버린 촛농
골짜기보다 깊고 아찔한 삶의 무게를
훌훌 털어 낸 홀가분한 흔적으로
내걸린 조등弔燈
외진 골짜기까지,
아침 햇살이 뻘쭘하게 문상問喪 오자
차가운 눈물 밀랍蜜蠟이 방울방울 맺힌다
울바자처럼 둘러선 떡갈나무 숲
어깨 비비며 찬술 마시던 동박새 떼
부의금 단풍 몇 닢을 떨구고 날아가자
겨우내 검게 참으며 언 바위
견디던 울음을 한꺼번에 깨트리는 빙폭氷瀑

야간 산행

어스름 무렵부터
날개 거두는 노을 속으로
홀가분한 기대를 가득 짊어지고
처음 한 발, 망설임을 내디딘다
무섭게 어둠이 내리는 산
잠 설친 풀벌레 소리조차 끊어지자
더 짙은 어둠과 맞닥뜨리려
흑암을 휘젓던 외줄기 랜턴을 끈다

빛 바깥에서 도사리던 두려움들
투박한 등산화 소리에 화들짝 놀라
끙끙 숨죽이던 여치 떼 합창
이어 회갈색 두툼하게 덧칠한 풍경들
긴긴 허리를 드러내는 무채색 암벽岩壁
낮이 찾지 못하던 산짐승의 오솔길
나무, 풀 포기, 들꽃, 향기, 향기들....
몸 사리던 것들을 불러 모은다

마음속으로만 들을 수 있는
비로소 드러난 희멀겋게 채색된 침묵

어물쩍한 이별

신발이 떠났는데 문이 닫히지 않았다
귀찮아 이불에 묻으려던 고개를 내밀며
여태 치근덕거리는 미련을 향해
'넌 왜 가지 않았냐'고 발끈 내지르자
떨리는 손으로 개발새발 썼는지 그렸던지
상형문자象形文字처럼 휘갈긴 종이를 내민다

이름/연락처와 주소/나이와 직업/고향과 학력/
경력과 깃발의 색/완장으로 획득한 비트코인 총량/
친구와 가족관계/식성 및 섹스 주기/거쳐 간, 이성 관계/
가끔 들려주던 이선희의 노래 가사까지
여기서는 꼭 울먹여야 하는 부분이다

그만 읽으려고 내던지며 문을 닫으니
문설주에서 똑똑 똑 차가운 물방울이다
아, 그래 가을이구나
9월 15일쯤이면 한기寒氣 몰아낼
불쏘시개용 A4 한 장쯤은 필요할 것 같아
개운하진 않지만, 머뭇거리는 이별을 위해

열쇠 가진 자

관악산 기슭 터줏대감 고시촌
뾰족한 두각頭角을 예민하게 훑으며
아파트, 외제 차, 대여금고
값나가는 열쇠 3개를 흔드는 마담 뚜

'지금은 남의 땅,
빼앗긴 들에도 봄은 오는가'
피 토한 이상화의 시詩
감방 열쇠 빙글빙글 돌리며
이죽거리던 해방 전 형무소刑務所 간수看守

잔뼈 굵은 갈릴리 해변
배와 어구漁具를 두고 쫓아온
'네가 땅에서 열면 천국에서도 열릴 것이요
땅에서 매면, 그곳에서도 닫힐 것이라'
시몬 베드로에게 맡긴 천국 열쇠

열쇠로 비척대는 걸음걸음
하나같이 만만한 길은 아니었다

왕십리광장

허기를 달래던 면 조각
몇 올 가라앉은 컵라면 밑바닥을
휘젓던 나무젓가락을 던지며
핸드폰 여는 손가락이 바르르 떤다
울컥거리는 가슴을 비집고 나오는
눈물보다 앞서 품속에 뛰어든 사내아이
땟국 흐르는 철 지난 옷을 벗기고
새것으로 갈아입히는 등때기엔
세렝게티 초원의 얼룩말 선명한 줄무늬
몇 장 지폐를 엄마 손인 듯 꼭 움켜쥐며
연신 되돌아보는 아이를 넋 놓고 바라보다
울컥울컥 치솟는 목 아림의 통증으로
속울음 꺼이꺼이 삼키는 왕십리광장

오사五死 김치

흐트러짐 없는 정갈함
백자 보시기 위 깔끔한 자태
흡사 뒷모습까지 새침하던
그 사람 닮았다고 여김 직했는데
아직 죽지 않고 살았음에,
입속에서 당당하게 뻣뻣한 토라짐

강원도 둔내 해발 700 고랭지
날일 온 연변 댁 칼끝에
이차돈처럼 맑은 피 흘리던 첫 죽음
겉옷이 제비 뽑힌 갈릴리 청년처럼
껍질 벗겨져 둘로 쪼개진 두 번째 형벌
붉은 고무통에 처박혀 맞이하는
세 번째 사자使者는 갯벌 간수 뺀 천일염
속속들이 후벼대는 짜디짠 비명이 잦아들자
정신 못 차릴 수차례 물고문까지 거쳐
삭신이 쪼그라들도록 숨이 죽었다
소금기 씻어낸 만신창이 여유도 잠시
무채, 쪽파, 당근 채, 청각, 생새우,
다진 마늘 넉넉하고, 다린 멸치 액젓에
벌건 고춧가루를 찹쌀풀로 버무린 맵고 쓰린

노잣돈 켜켜이 쟁여지는 넷째 죽음을 거치고야
염殮을 마무리한 항아리 속 안식安息

맛깔스러운 김치는 다섯 번 죽어야 한다고
네 번의 통분痛忿함까지 버리고 곰삭아야 할
오사五死 김치는 강 건너 얘기,
인생人生

왯재길 사람들

국수역 지나 청계산 가는 길목
엄마 품속같이 보드라운
솜 햇살 포슬거리는 어느 봄날
왜로 떨어진 야트막한 언덕 왯재길
찾아간 시인의 임금님 수라상 초대招待
높은 자리 앉기를 탐하지 말라던
가르침 되새기는 죄인들같이
식탁 허공에서 머뭇거리고 방황하던 첫술
'바르비종 마을' 밀레의 만종晩鐘소리 들려와
감사의 마음 한동안 숙연해지는 일행들

「엄마 일 가는 길에 하얀 찔레꽃
 찔레꽃 하얀 잎은 맛도 좋지
 배고픈 날 가만히 따먹었다오
 엄마, 엄마 부르며 따 먹었다오.」

어릴 적부터 내 눈물샘 포인터였던
동요童謠의 애절한 톱 연주 바이브레이션
따끔거리는 눈, 억지로 견디는 순간
'느린 마을' 가득 채운 잔 부딪치며
'위하여! 위하여! 위하여!' 지신地神 밟듯
외치는 모두의 마음을 열고, 읽고, 느꼈던
왯재길 찾은 사람들 정情 익는 시간

졸혼

수년 전 스쳐 지날 때
바다가 내려다보이는 도로 아래
맨 유리 격자 창살 집들 너머로
사람들께나 옹송거리던 갯마을

촘촘한 울타리로 두른 노란 탱자들
말간 알감자처럼 대롱거리고
쑥부쟁이 장다리 꽃대들
제풀에 멀쑥해진 게으른 한낮
갯바람 한 줄기라도 오싹해지면
금 간 슬레이트 지붕 틈바구니엔
마른 흙을 움켜쥔 잡초들 해풍을 견딘다

언제부턴가 2차선 도로 곁
바닷가 뷰가 멋진 곳곳이 카페촌으로
탈바꿈할 때도 주저앉은 촌집들은
비 새는 지붕을 빨간 패널로 바꾼 채
값 오르기만 힘겹게 버티는 나날
말다툼으로 몇 날 밤을 꼬박 새운
붉은 립스틱, 폐경閉經의 여인이 집을 나갔다

짝짓기 비행

여름 진액을 진득이 빨아먹는
따가운 매미 소리가 눅어지는 처서 무렵
순간순간 사방을 감시하는 CCTV처럼
초당 사만 번씩 깜박이는 28,000개 홑 눈이
오작동誤作動 되는 듯, 드러내놓고 살짝 부끄러운
잠자리 아슬아슬한 후배위後背位 교미交尾 비행

간이역 인근에서 고장 난 야간열차
맥없이 훌쩍이는 콧물 증기가 낙엽을 훑는
숲속으로 숨어들며 갈증에 헐떡거리는
가석방假釋放 여주인공 우수憂愁의 바바리코트
차가 멎기 전부터 이글거리던 욕정으로
신열身熱에 휘감긴 현상수배 위폐범 남주인공
메마른 숲도 눈을 감는지 종종 화면이 끊어지다
기찻길 옆 숲속에서 어둡게 막을 닫는 화면과
막바지 가을을 활공滑空하는 짝짓기 비행의 오버랩

옴니버스 시네마 파라다이스

폭 설

함박눈이 대책 없이 퍼붓는 날
세상 곳곳에는 섬이 생긴다
산허리 드문드문 솟은 지붕들은
파도 없어도 수면을 밀어 올리는
하얀 바다 위에서 까치발 동동거리며
외로운 이웃을 찾는 섬이고자 한다
첫차부터 눈치껏 드물어진 마을버스는
종점 차고에 게으른 섬으로 남았는지
배차 시간이 훨씬 지나도 오지 않는다
그래도 재난문자는 대중교통을 이용하란다
떠나 온 고향 집 뒤뜰 장독대처럼
공용주차장 차들도 옹기종기 흰 항아리다
가파른 비탈길에선 요술도 무효인지
흰 우산 도깨비들은 섬 찾아 기어들고
길가 공터에는 언덕을 포기한 차들이
소복한 섬으로 서로 이웃이 된다

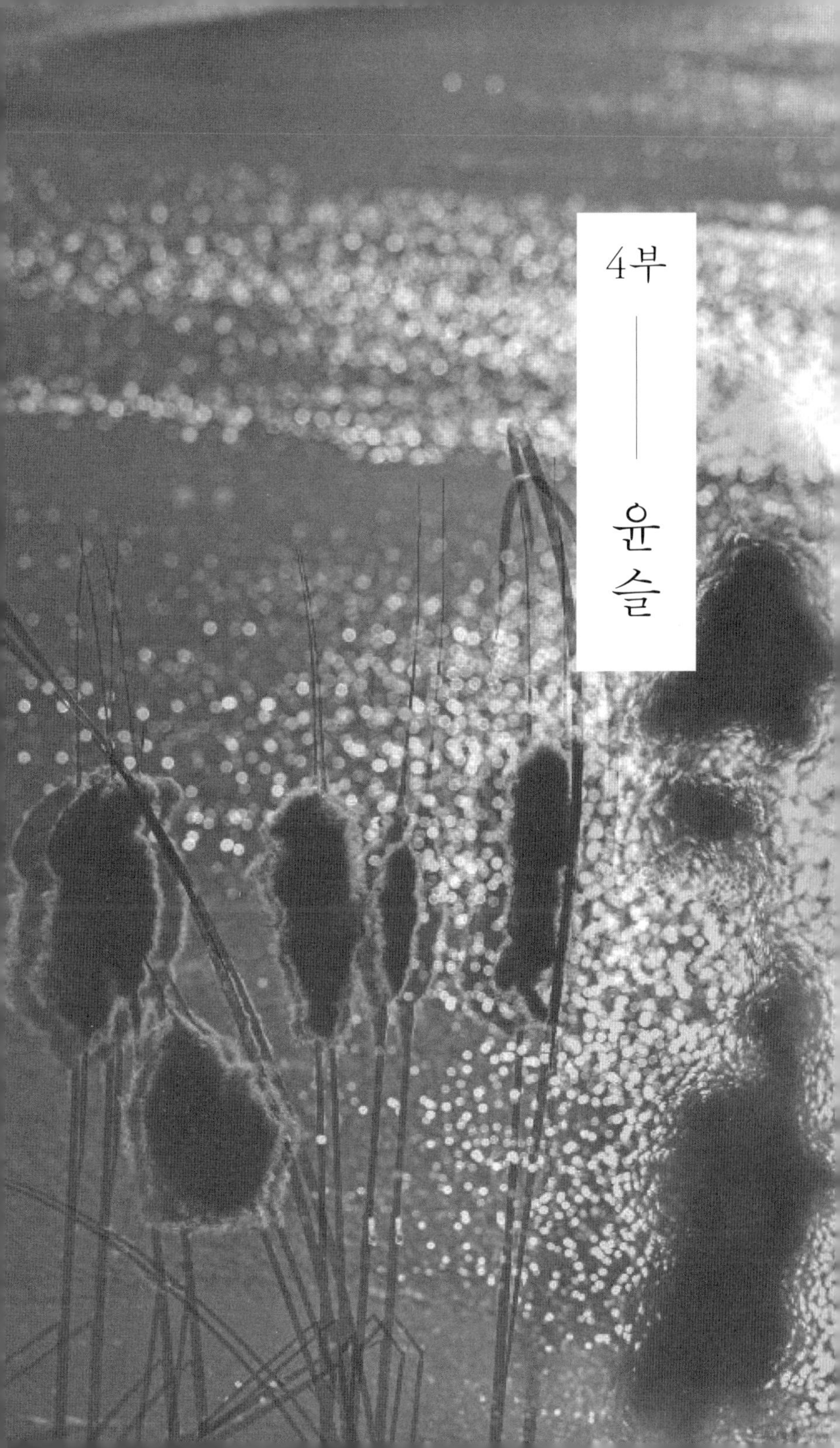

4부

윤슬

The sound of silence

문득 떠오르는 기억 하나
소리가 멎은 유리 상자 안에서
춤추는 사차원의 홀로그래피

침묵의 터널 곳곳에 걸려있는
낡은 그림 속에는 까불며 뛰노는
설익은 무채색의 모습들이 스친다
MS, HY, YH, MJ.....
똬리를 트는 상자 속에서
점점 구겨지며 되 말려 올라간다

애당초부터 소리가 지워진 그림
흔적만으로 나타나고 사라지는 얼굴들
묵음默音으로 새겨진 길고도 먼
침묵 속에서 스케치 되는 소리

The sound of silence

가로등

낙엽 비의 점묘點描 테라코타
자박거리는 늦가을 어스름 무렵
스미듯 떠다니는 안개 송이를
외눈박이 가로등이 살포시 보듬습니다
습하게 오슬거리는 소름을 견뎌내며
지긋이 버티는 묵묵한 모습이
점점 희미해지려는 당신과의 거리를
동그마니 지켜보는 듯도, 이젠
지쳐서 되돌아가려는 듯도 합니다

가을의 기도

인적이 드문 모퉁이 길
낙엽만 어지러이 몰려다닙니다
어두운 우물 속 닮은
그리그의 '솔베이지' 노래가
저만큼 화려했던 봄과
청청했던 여름을 몰아냅니다

마지막 햇살을 머금은 열매가
단맛을 스미게 하는 릴케의 시詩는
지혜롭게 여물었습니다

아하스의 일영표日影表를 옮기지 않고도
남겨진 날들이 좀 더 따뜻하게
우리의 기도보다 길게 머물게 하소서
손잡지 못한 이웃들에게
차고 황량한 겨울이 오기 전
내 작은 온기를 덜어주게 하소서

거리엔 바람이

비질로 시작되는 겨울
마지막 가을비가 그치던 날밤
잠시 뜸 들이던 하늘은
계절이 쓸쓸하게 흔적을 지운
땅 위를 싸릿대 바람몰이로 할퀴듯
미적거리는 잎사귀들을 쓸어가고
꼭꼭 닫아두었던 이맘때를 연다

점퍼 깃 잔뜩 세우며 종종걸음치는
외로움, 혼자 투덜거리는 중얼거림을
지하철역 에스컬레이터 꼭대기까지
뒤쫓아 온 낙엽의 에스컬레이터
서로 뒤섞이다 끝내 바스러지는 플랫폼
숨죽이고 지켜보던 도심 전철이
어쩌지는 못하는지 겨울을 휘몰아간다

겨울 낙화落花

새날은 아직 먼데
흐르는 유성처럼 별 하나 지고
겨울이 깜깜하게 오슬거리며
입동立冬 지나 쟁강거리는 새벽
119 경광등의 아우성 따라
집 떠나던 마지막 당신 모습을 쫓아
빈 하늘 허둥거리는 손만 움켜쥐던
차마 놓을 수 없는 이별 꽃
가는 길 이미 아는 듯
세찬 바람에 지워지는 서리꽃 연緣

겨울나무

나무가 동안거冬安居 들었다
두고 간 건 뭘까
벌거벗어도 부끄럽지 않다
헐벗을수록 푸근해지는 발치
땅속 미물들의 입적문入寂門이다

난향蘭香 지다

언제나 만날 수 있을 줄 알았던
그래서인지 귀한 줄 몰랐던 난향
천지에서 별안간 지워지던 어느 날
과천에서 인덕원 고개 넘는 저만치
깨진 분盆 사금파리 밑에서라도
붓끝같이 움 돋는 향기의 기대는
너무 늦었나 보다

회한의 세월을 바꾼 빈 술병 무더기
낱낱이 불도저가 파 뒤집은 언덕
솔松과 산山을 짓이긴 붉은 평토장平土葬
어디쯤엔가 흔적조차 분간이 어렵구나
행여 흙 속에서나 만나려나
너무 늦게 찾아본 난蘭 향鄕

* 故 송산松山을 기리며

누가 남을래?

막바지 인생 여정
헉헉거리는 가쁜 숨
옅은 경사면 산책로조차 버거운
늦가을 바람에 날리는 몇 올의 백발白髮
소소히 어깨에 쌓이는 세 친구
낙엽처럼 바스락거리는 약속
'누가 남아 뒤치다꺼리할래?'

해 질 무렵
지척을 분간하기 힘든
땅거미 직전에야 만났던
오직 하나로 기억될 그 사람
스친 수많은 인연을 오버랩하고도
분이 넘치게 쌓여온 사랑
혼자서 쓸쓸한 가을과 황량한 겨울을 견딜
'심지가 단단한 당신이 남을래?'

* 김형석 교수님의 T.V 대담 프로그램을 시청하며

두물머리 별자리

한바탕 소나기가 지나간 지중해
로마 카타콤보다 더 깊숙한 지하
쇠사슬 발목까지 물에 잠기는 감옥
세상을 사랑하여 데살로니가로 간 '데마'
갈라디아로 떠난 '그리스게'
달마티아로 간 '디도'
'누가' 혼자 쓸쓸한 로마 옥獄바라지
'너는 어서 속히 내게로 오라'

뒤척이는 두 강江의 합수合水머리
인연因緣이 몰고 왔던 소중한 만남도
'이사도라 덩컨'의 고혹적 춤 따라
사라진 몇몇 별들의 빈자리
어렴풋한 후회로 아프게 남은 흔적들
'어디서 무엇이 되어 다시 만날까?'
유행가 가사로 남은 그루터기별들
소슬한 새벽바람에 이름을 띄워본다

사각 하늘

서종 마을 어느 골짜기
처마 끝 물매 네 개가 한 곳으로 모여
하늘을 우물(#)에 담고 있는 고택古宅
가없이 깊은 사각 샘에서 건져 올리는
우물 속 닮은 잔잔한 이야기들은
진초록 카펫 깔린 이끼 정원이 되고
수키와 밑, 흔적만 있는 앙증맞은 개여울
잠시 짬을 낸 짧은 햇살 따라
꼰지발로 돋움 하는 청죽靑竹 솟대

수백 년 세월을 견뎌낸
당당한 알몸, 검붉은 들보와 석가래
우물 속에서 서로 손잡는 예스러움
정갈한 식탁에 도란도란 차려지는
'생애 가장 행복했던 날들' 중 하루

맨발 걷기

맨발은 십자가의 길이다
'구레네 시몬'의 흔적은 보이지 않지만
마사토 따끔거리게 흩뿌려진
'비아 돌로로사Via Dolorosa'의 길처럼
신화神話 속 올림포스의 흔적을 찾아
발바닥으로 숲을 헤집는 겸손한 순례자들
아버지 하늘天과 어머니 땅地 사이
소통을 갈망하는 고적한 동통疼痛이다

지나는 사람. 1
눈살 찌푸리며 노숙자 피하듯 스치고

스치는, 사람. 2
신조차 꿰차지 못한 행인에 혀를 차고

혀를 차는, 사람. 3
숨 고르는 코로나 틈새
행여 창궐할 새 바이러스 공포 앞에
무방비로 드러낸 무지, 쩟쩟 혀를 차며
숲 커튼 속으로 황망히 퇴장한다

‘아버지 저들의 죄를 용서하소서’
어머니 대지여 흙은 흙으로 돌이킬 섭리
묵중한 침묵으로도 깨우치게 하소서.’
우주의 생기와 땅의 치유로 회복되는
접지接地와 접신接神
천天과 지地를 잇대는 인人의 Earthing

사진 찍는 날

따뜻한 마음들이 은혜의 집을 찾았습니다

과자랑 장난감이랑, 한 아름 사고
엄마 갈아입히던 '디펜스' 몇 뭉치도 실었습니다
활짝 반기는 얼굴들이 선億합니다
그런데 오늘은 과자를 받기 전부터
멋짐이 한가득 붐붐 거리는
나비넥타이 차림들이 싱글벙글 입니다

물기 밴 소식이 기다립니다
친구 하나, 어젯밤 본향本鄕 찾아 날아갔다고
원장님과 카메라 든 사진사가 오셨습니다
스무 해도 못 살고 새처럼,
서둘러 훨훨 하늘로 가는 친구들
사진이 없어 관棺에 이름만 적었답니다

오늘은 친구들 사진 찍는 날
세마포 수의보다 눈부신 옷
나비넥타이 차림으로 남기는 영정 사진을

아무 밤

그날 밤
자정 무렵에야
비로소 깜깜한 하늘을
별에 내어 주었다
아무 밤이지만
희미한 빛으로나마 두고 싶었다

시간이 지났으나
마르지 않았던 아픔은
분간 못 할 혼돈 속으로
누군가 은하銀河를 가로질러
아무 별처럼 꼬리를 숨긴 것이다

아무 기별도 없이 다가와
아무 밤에나 떠난 별
가슴 먹먹해지는 손 모음
별이 영롱한 눈물이 되면
새벽도 못 이긴 체 귀를 열 테다

앨범 태우기

타임머신에 접속되는 순간
픽 픽 피식피식 파란 불꽃 속에서
어지럽게 뒤섞이는 카오스
어제를 잘라내느라 너를 태웠고
오늘을 지우느라 나를 살랐다

끈적거리는 유기물로 해체解體되며
춤추는 불꽃의 홀로그램 속에서
희멀겋게 지워지는 날들의 흔적
잿더미 속 저 모습은
웃는 얼굴인가? 찡그린 표정인가?

마지막 연료를 태우며
먹먹하게 널브러져 쌓여가는
기억 해마의 사체死體를 헤아리다가
기어이 울음을 터트리는 하늘
깃털처럼 점점 가벼워지는 상승上昇

어린 상주

숨 막는 기침의 비등점沸騰點
엄마의 새하얗게 질린 얼굴이
가쁘도록 이지러질 때 소년은
여윈 달의 무게를 가늠했다

가장 아름다웠던 날은
꽃 더미 가운데서
온기를 잃어가는 슬픔이 되어
창백한 달과 뒤섞였다

승화원 언덕 불타는 노을
이윽고 몸을 누이는 아지랑이
아이는 달의 영정影幀을 앞세우고
거칠도록 짙푸른 바다로 갔다

연鳶과 바다

애너벨리의 바닷가에
연을 날리던 아이가 있었다
날카롭게 겨울을 할퀴는 바람에도
손톱 크기만큼 엷은 백사장에서
줄지어 달리는 긴 산줄기 너머로
꽁꽁 언 그리움의 얼레를 풀었다

어느 봄
바다가 황금빛 모래로 반짝이던 날
갈 모자 언저리에 보랏빛 머플러가
눈부시도록 화사하게 나부끼는,
자운영 다발을 불쑥 내미는 소녀
날리던 그리움의 얼레를 서둘러 감은
소년의 왕국, 이곳은 처음이라고
바다도, 연鳶의 손짓도, 첫 경험이었다고
꿈꾸는 눈동자로 파랗게 속삭였다
꽃이 피고 지는, 봄이 오고 또 가고
거친 소나기의 청청한 여름날에도
잊힌 연은 다시는 날지 않았다

모두가 가슴 쓸어내리는 깊은 가을 무렵
날개옷을 두고 온 고향 생각에
구르몽의 숲, 낙엽 밟던 소녀는
땅거미가 내리는 언덕을 서둘러 넘어갔다
그 후부터,
바람이 잉잉거리는 바닷가 전봇대에는
스스로 칭칭 동여매, 날 수 없는 연鳶 하나가
살대만 앙상하게 마멸磨滅되고 있었다

운길산

산 찾는 사람은
저 혼자 호젓한 산을 닮는다

휘적휘적 앞선 스님
첫 길 열듯 진중鎭重한 걸음
굽이굽이 돌 때마다
익숙한 듯 낯선 모습
동안거 입적문入寂門 댓돌 곁에
짊어졌던 발랑대 가득
번뇌煩惱 일깨우는 서늘한 게송

산 닮은 사람이 산을 오른다

잠 귀

귀와 잠 사이의 틈
두 마지기 너른 논 가득 채우는
하얀 소음들

'왁왁' 시샘 겨운 맹꽁이 으름장에
주눅 든 개구리들 돌림 노래 끊기고
아래 매미 물고 소리 졸졸 흐르듯
베잠방이 여며주며, 알싸한 쑥 모깃불
살랑살랑 부채질하는, 외할머니 콧노래

잠과 귀 사이 참參
어제 같은 지난날
몽롱한 숨바꼭질 짧은 여름밤

정 경

언 땅 녹은 나른한 언덕배기로
한꺼번에 몰려오는 봄날
묵은 된장국 냄새 담 너머엔
냉이 향기 같은 이웃들 얘기가
소쿠리마다 소담하게 담긴다

실직한 막내아들 젖은 목소리
칼끝에 쑥 냄새 저며지는 눈가엔
맺히는 눈물방울 또르르 굽은 허리
대롱대롱 전화기 낡은 걸쇠
딸깍, 앙가슴 모질게 훑는 소리

무더기 봄기운에 노곤한 곤줄박이
노랗고 하얀 점박이 깃털마다
스쳐온 남녘 소식 뽀송뽀송하다
산수유, 개나리, 진달래 분분
뽀얗게 손짓하는 봄날 안개 분粉까지
고양이 졸음처럼 게으른 봄. 봄.

톤네샾 호수에서

썰물이 그 많은 맹그로브 잎사귀마다
젖은 그리움 같은 펄 흔적을 남기고
멀찍이 호수 한가운데로 달아났다

기다렸다는 듯
얕은 물가에 버티고 선 어부처럼
숲을 한 아름 머리에 인 나무들은
활짝 팔 벌린 방파제로 엮이며
황톳빛 수평선을 끌어안았다

잠시 단조로운 수면을 시샘하듯
거친 배가 물살을 가르자
수면 위 삶들은 위태롭게 흔들리고
아득한 호수를 걸어오시는 당신
쿼바디스 도미노

*캄보디아 선교여행 중

프로필

톡, 투명하게
남겨진 모습 하나
찰나의 호젓함이 덩그렇게
오후 무렵의 풍차 숲
팔 젖혀 한 아름 가슴 내밀어
그윽하게 들판을 담은 여인
호수처럼 잔잔한 눈매
더듬어 읽고, 또 보며
토막토막 이어가는 흔적

몰래 담는, 그 쓸쓸함